ユニコーンのキラリ

図書館のぬいぐるみかします

3 ぼくのねがいごと

作 シンシア・ロード　絵 ステファニー・グラエギン
訳 田中奈津子

ポプラ社

グレゴリーへ
CL

めいっこたちへ
SG

もくじ

1 ユニコーンの キラリ　5

2 図書館（としょかん）で　15

3 ブック・フレンドたちの おしゃべり　25

4 マヤの へや　36

5 ようせいたち　47

6 イザベル　61

7 なにもかも わるくなる　68

8 こわれた ようせい　76

9 がまんの げんかい　86

10 うれしい どきどき　94

11 ねがいが かなった　103

**BOOK BUDDIES:
Dazzle Makes a Wish**

Written by Cynthia Lord
illustrated by Stephanie Graegin

Text © 2023 by Cynthia Lord
Illustrations © 2023 by Stephanie Graegin

All rights reserved. No part of this book may be reproduced, transmitted,
or stored in an information retrieval system in any form or by any means,
graphic, electronic, or mechanical, including photocopying, taping, and
recording, without prior written permission from the publisher.

Published by arrangement with WALKER BOOKS LIMITED, London SE11 5HJ
through Japan UNI Agency, Inc., Tokyo

1

ユニコーンの キラリ

　ユニコーンの　ぬいぐるみは、もう
なん週間も、おもちゃやさんの　たなで
じっとしていました。ねじれた　つのと
きらきら光る　ピンク色のしっぽの　まっ白な
ユニコーンです。

　おきゃくさんは　たくさん来ます。でも、
だれも　買ってくれないのです。

　ふだには　「キラリ」と　名前が
書いてあります。

「ユニコーンは、いい子の　ねがいごとを
かなえます」とも　書いてあります。

自分の　ねがいごとは

かなえられないのかな？

　でも、やるだけ　やってみよう。

　そこで、毎ばん　おなじことを　ねがいました。

　ずっとすめる家に　行けますように。

　その家の子どものものに　なれますように。

　ある日、おもちゃやさんに　おばあさんが

やってきました。そして、ぬいぐるみの　たなに

いた　キラリをゆびさし、お店の人に

たずねました。

「これは、赤ちゃんに　あげても

　いいでしょうか？　春に　まごが

　生まれることになっているのです。」

「まあ、よかったですね！　ええ、赤ちゃんに

　ぴったりですよ。」

お店の人は　いいました。

おばあさんは　キラリを買って、家へ

帰りました。

ねがいが　かなったぞ！

キラリは　うれしくなりました。

その家で、キラリは　ゆりいすに　こしかけ、

赤ちゃんが　生まれるのを、ずっとずっと

まっていました。

ある日、おばあさんが　キラリを

だきあげて、外へ　はこんでいきました。

とうとう　赤ちゃんのものに　なるんだ！

と、キラリは　わくわくしました。

ところが、外に　赤ちゃんは　いません。

げんかんの前の　しばふには　テーブルが

あって、古いものが　たかく　つまれています。

木のえだに、「不用品セール」という　ふだが
さがっています。
　キラリも　テーブルに　おかれました。
　でんきスタンドや、うえきばちや、
なんさつもの本や、さびたかなづちと
いっしょです。

おばあさんは、キラリのふだに　書いてあった
ねだんを　線で　けして、３ドル　と
書きなおしました。

　キラリは　がっかりして、つのが
たれさがってしまいそうでした。しっぽの
きらきらの　つぶが、テーブルに　少し
おちました。

　おもちゃやさんに　いたとき、ほかの
ぬいぐるみたちが、不用品セールのことを
話しているのを　聞いたことがあります。

　古くなって　いらなくなった　おもちゃを、
ほしい人に　売るのです。

　だけど、ぼく　古くないよ。まだ
だれのものにも　なっていないんだ！

　そのとき、テーブルに　女の人が

やってきました。
　古い本を　ぱらぱらと　めくっています。
それから、キラリに　目をやりました。
　女の人は、ふだに書いてある　ことばを
読んで、にっこりしました。
「このユニコーン、売りものですか？　まだ
　新しそうですけど。」

女の人が　いいました。

おばあさんは　うなずきました。

「ええ、新しいんです。でも、もうすぐ生まれる

　まごが、男の子だって　わかりましてね。

　ユニコーンなんか　よろこばないかもしれない

　と　思ったんです。」

「男の子も　女の子も、ユニコーンは

　すきですよ。」

「それに、しっぽの　きらきらが

　おちるんですよ！　赤ちゃんには

　よくないでしょう？」

　おばあさんは、テーブルに　おちた

きらきらの　つぶを、手で　はらいました。

「わたしは　アンといいます。図書館で

　はたらいています。」

女の人が、おばあさんに　いいました。
「図書館には、ブック・フレンドという

ぬいぐるみや　おにんぎょうが　います。

子どもたちが　ブック・フレンドに　本を

読んであげたり、かりていくことも

できるんです。このユニコーンなら、

すばらしい　ブック・フレンドに

なれますよ。」

「まあ、図書館なら、少しおまけして、２ドルに

しましょう。」

おばあさんは　いいました。

キラリは、じめんに　おちた　きらきらの

つぶを　見おろしました。

みんなは　きらきらが　すきなんだと

思っていたんだけどなあ。

キラリを　かかえて　車に　もどりながら、
アンは　そっと　ささやきました。
「図書館の　みんなは、あなたが
　　大すきになるわ。」
　　不用品セールより、図書館のほうが
よさそうだ。
　と　キラリは　思いました。
　それでも、やっぱり　かなしくなってきました。
　ずっとすめる家にも　行けないし、その家の
子どものものにも　なれないからです。
　キラリの　ねがいは、かなわなかったのです。

2
図書館で

キラリの　思ったとおりでした。
不用品セールより、図書館のほうが　ずっと
よかったのです。
男の子も　女の子も、たくさん
あそんでくれました。おはなしの本を
読んでくれたり、きらきらの　ピンク色の
しっぽに　ブラシを　かけてくれたりしました。
　キラリは、かしだされて　ぼうけんをするのも
大すきでした。もっとも、よごれたからだを
きれいにするのに、しょっちゅう
あらってもらわなければ

なりませんでしたけどね。

でも、なにかが　たりない気がするのです。

かしだされたって、その家に　ずっと
すめるわけじゃない。図書館は、家とは
ちがうし。

ブック・フレンドたちは、毎週の
おはなしの時間を　楽しみにしています。

その日の朝には、図書館は　親子づれで
いっぱいになります。ブック・フレンドたちが
かりてもらえる　チャンスです。

きょうは、新しい家族が　やってきました。

おかあさんと、女の子と、弟です。

「こんにちは！　図書館へようこそ！」

アンが　あいさつしました。

「こんにちは。」

と、おかあさんが いいました。
「わたしたち、ひっこしてきたばかりなんです。
　きょうは、近じょに　なにがあるのか、
　見てまわっているんです。この子たちは、
　マヤ　と　マテオ　といいます。」
「わたしは　アンです。来てくれて
　うれしいです。もし　よかったら、もうすぐ

おはなしの時間が　はじまりますよ。」
　マヤが　キラリを　ゆびさしました。
「ママ、見て！　ユニコーンがいる！」
「キラリ　って　いうのよ。」
　アンが　いいました。
「ここにある　ぬいぐるみや　おにんぎょうは、
　ブック・フレンドって　いうの。いっしょに

あそんだり、本を　読んであげたり

できるのよ。かりていくことも　できるの。

図書館カードを　作れば、かりられるわ。

おはなしの時間が　おわったら、カードを

作ってあげましょう。」

「ありがとうございます。ぜひ

　おねがいします。ふたりとも、

　そうしましょうね。」

　おかあさんが　いいました。

　マヤは　うなずきました。そして、

ブック・フレンドの　たなの

ぬいぐるみたちを、よく見てみました。

　はい色のムササビ、フクロウ、茶色いクマ、

小さな　フェルトのネズミ、白いひげをはやし、

むらさき色の　とんがりぼうしをかぶった

にわの　こびと、白と黒のめんどりと

黄色いひよこに、にんぎょうが　ふたり。

ひとりは　おひめさまで、もうひとりは

黒いおさげがみの　女の子です。

　マヤが　いちばん　気にいったのは、

ユニコーンでした。

「わたし、キラリを　かりたい。」

「ぼくは、まほうつかいを　かりる！」

　マテオが　ゆびさしました。

「それは　ノーム。ふだに、"にわの　こびと"

　って　書いてあるわ。でも、まほうつかいだと

　思っても　いいのよ。ノームも

　気にいってくれるわ！」

　アンが　いいました。

「まほうつかいの　ワンダフルだ！」

マテオが　いいました。

「おはなしの　時間が　おわったら、

　図書館カードを　作りましょう。ふたりとも、

　ブック・フレンドと、読んであげる本を

　なんさつか　かりましょうね。」

　おかあさんが　いいました。

「きょうの　おはなしの時間は、リスや

　ムササビが　出てくる絵本です。だから、

　とくべつゲストは　ムササね。」

　アンは　ブック・フレンドの　たなから、

ムササビの　ムササを　とりました。

「さいしょの本は　『こわがりやのクリス』

　です！」

「その本、しってる！」

　マヤが　うれしそうに　いいました。

ひっこしをすると、なにもかも　新しく
かわってしまいます。ですから、
『こわがりやのクリス』の　ひょう紙を
見たとき、むかしの友だちに　会ったように
うれしくなったのです。
「おはなしの時間に　行く？」
　おかあさんが　マヤに　ききました。
　マヤは　行きたいと　思いました。
　ひとりで　本を　読むのは　すきですが、
字を　読むのは　たいへんでもあります。
　それにくらべて、だれかに
読んでもらうのは、楽しいだけです。
ものがたりを　思いうかべたり、絵を見て
うっとりしたり　できます。
　でも、アンといっしょに　歩いている

子どもたちは、小さい子ばかり。マテオと
おなじくらいの年の子たちです。
「マテオが　行くなら、行く。」
　マヤは、どっちでもいい　と　いうように、
かたを　すくめました。マテオが　行く　と
いってくれないかな、と思いながら。
「うん、行く。」
　マテオが　いいました。

3
ブック・フレンドたちの
おしゃべり

　子どもたちが　行ってしまうと、キラリは

しっぽを　ふりました。

　とれそうな　きらきらのつぶを、おとそう　と

思ったのです。マヤの　ふくに　つかないように。

「よかったわね、キラリ！　マヤは　わたしを

　えらぶと　思ったんだけど！」

　おひめさまにんぎょうの　リリーが

いいました。

　めんどりの　コッコが　いいました。

「とってもいい　かぞくだわ。

　ひっこしてきたばかりで　心細いでしょうから

元気づけてあげてね、キラリと　ノーム。」

　そんな　だいじな　やくめなんだと、キラリは ほこらしくなりました。

「おれは、ノームなんて　よばれても、へんじは せんぞ。今からは、まほうつかい　ワンダフルだ。アブラカダブラ！」

　ノームが　手をふりながら　いいました。

「アブラ……って　なあに？」

　ひよこの　ピッピが　たずねました。

「まほうつかいの　ことばだ。じゅもんを

　となえたのさ。」

　ノームが　いいました。

　フクロウさんが　首を　ふりました。

「アブラカダブラと　いうのは、手品師じゃよ、

　ホー。まほうつかいでは　ない。それに、

　あんたは　まほうつかいでも　手品師でも

　ない。にわの　こびとじゃ、ホー。」

「もう、にわの　こびとでは　ないぞ。

　まほうつかいの　ワンダフルだ！　マテオが

　そう　いったのだからな。」

　ノームは　いいました。

「たしかに　そうじゃが、まほうつかいに

なったふりを　するだけじゃよ。子どもは
どんなものにでも、なったふりが　できるが、
ほんとうに　かわるわけじゃない。
なかみは　かわらんのじゃ、ホー。」
「子どもなら、おまえさんを　ペンギンだと
　思いこめるな。」
　と、ノーム。

「ばかばかしい！　わしは　茶色いが、
　ペンギンは　黒と白じゃ。」
　と、フクロウさん。
「そーれ！　おまえさんは　ペンギンだ。」
　ノームが　手を　ふりました。
「くだらんことを　するな。」
「くだらなくない。ふりをしているだけだ。

ふりをすれば、なんにだって　なれる。
　ペンギンになりたい　と　思ったことは
　ないかね、フクロウさん？」
「ない。」
　フクロウさんは、きっぱりと　いいました。
「楽しいぞ！　いつも　自分のままなんて、
　たいくつじゃないか。」
　ノームが　いいました。
「わたしは　おひめさまだから、ずっと
　このままでいいわ。　おひめさまは、
　たいくつなんて　しないもの。」
　リリーが　いいました。
「キラリ、こんどは　おまえさんに、じゅもんを
　かけてやろう！　なんに　なりたい？」
　ノームが　ききました。

30

キラリは　考えました。

おもちゃやさんに　いたとき、毎ばん

ねがいごとを　しましたっけ。

ずっとすめる家に　行けますように。

その家の子どものものに　なれますように。

そのねがいは　かないませんでした。

ブック・フレンドとして、たくさんの

子どもたちに　かわいがってもらっていますが、

だれかひとりのものには　なっていません。

きらきらが　おちなければ、あのおばあさんの

家に、ずっと　いられたかもしれないな。

「こんなに　きらきらじゃないものに

　なりたい。」

キラリは　しずかに　いいました。

「しーっ！　子どもたちの　声が　聞こえる。

おはなしの時間が　おわったようじゃ、ホー。」
フクロウさんが　いいました。
マヤが　いちばん先に、へやへ
もどってきました。
　まっすぐに　ブック・フレンドの　たなへ行き、
キラリを　手にとりました。
　それから、マテオに　ノームを　わたしました。
「さあ、こんどは　本よ。ママが、ひとり
　４さつ　かりていいって。」
　マヤがえらんだ　絵本を　見て、キラリは
わくわくしました。
　まほうのいきものが　出てくる、キラリの
大すきな本も　あります。ひょう紙には、白くて
うつくしい　ユニコーンの　絵が
かいてあります。

マヤは、かりる本(ほん)と　キラリを、アンのいる
カウンターへ　もっていきました。
「これを　かりたいので、おねがいします。」
　アンは　おかあさんに、この書(しょ)るいを
書(か)いてくださいと　わたしました。
　そして、ひきだしから、新(あたら)しいカードを
３まい　とりだしました。
　おかあさんと　マヤと　マテオの
カードです。

マヤは、ぴかぴか光る　カードを
さわってみました。自分の　図書館カードを
もつなんて、うれしくてたまりません。
「これも　あるのよ。」
　アンは　そういって、カウンターの　うしろの
たなから、小さなノートを　2さつ　とりました。
「ブック・フレンドには、日記ちょうが
　ついているの。前に　かりていった
　お友だちが、おうちで　キラリや　ノームと
　どんな　ぼうけんをしたのかが、書いてあるわ。
　こんどは　あなたが、おうちで　どんな
　ぼうけんをしたか、絵や　文に　かいてね。」
　マヤは、キラリの　日記ちょうを
ひらきました。
　1ページめに、キラリについていた　ふだが

34

はりつけてあります。

　それを読んだマヤは、にっこりしました。

「ユニコーンは　ねがいごとを

　かなえてくれるけど、いい子の　ねがいだけ

　だって。」

　アンが　うなずきました。

「どんな　ねがいごとを　したい？」

　マヤは、キラリの　ねじれたつのを

さわりました。

　新しい家に　ひっこすのは

わくわくしますが、さびしいことも　あります。

今までの　友だちと、

わかれなければならないからです。

「友だちが　できますように　って。」

　マヤは　いいました。

4

マヤの へや

　家に　帰ると、マヤは　かりてきた本を、
けしょうだんすの　上に　おきました。
　新しい　図書館カードは、なくさないように
けしょうだんすの　上のひきだしに
入れました。ここなら、カードが
どこにあるのか、すぐに　わかります。
　マヤは　まだ、新しいへやに
なれていません。
　かべぎわには、ひっこしの　だんボールばこが
つまれたままです。
　マヤも　おかあさんも　いそがしくて、まだ

ぜんぶのにもつを　出してはいません。
ひつようなものだけ　出しました。

　マヤの　ベッドは、ねられるように
してあります。ふくも、けしょうだんすに
入れました。

　お気にいりの　おもちゃも、へやのすみに
おきました。

　それは、おじいちゃんが　作ってくれた、
とくべつな　にんぎょうの　木の家でした。

　しょうめんから見ると、木の
みきのようですが、小さな　かいだんを
のぼると、げんかんの　赤い　ドアがあって、
あけしめできるのです。

　2かいの　小さな　ベランダからは、バケツが
ひもで　つるされていて、こまかいものを

入れて、ひきあげることが　できます。
　木の　みきは　くりぬかれて、
へやになっています。キッチンと
しんしつです。それぞれ、マヤの
ようせいたちに　ぴったりな大きさの　かぐが
入れてあります。

「まほうのいきものを　しょうかいしたら、
　ようせいたち、きっと　よろこぶわね。」
　マヤは　マテオに　いいました。
　マテオは、木の家に　ノームを
つれてきました。
「ようせいたち、おきろ！　おれは
　まほうつかい　ワンダフルだ！
　あいさつに来たぞ！」
　マヤも、キラリを　木の家の　しょうめんに
おきました。
　はなが　ドアに　くっつきそうです。
　それから　マヤは、うらへ　まわって、
げんかんの　ドアを　あけました。
　中には、ようせいが　３人　いました。
　キラリは、こんなにきれいな　おもちゃを

見たのは　はじめてでした。

　ひとりは、黒っぽい　はだに　茶色の　長い
かみ。夏の空のような、青い　レースのふくを
きています。レースには、金色の　ふちかざりが
ついています。

「こちらは　オパール。」

　マヤが　いいました。

　もうひとりは、白い　はだに　黄色い　かみ。

　ふくは　ラズベリーのような赤で、銀色の
ふちかざりが　ついています。

「こちらは　ルビー。」

　3人めは、日やけした顔に、茶色の　みじかい
かみ。まつぼっくりのついた　ぼうしを
かぶり、くすんだみどり色の　シャツ、茶色い
ズボン、それに　ブーツ　というかっこうです。

「これが　マツボックリだよ。」

　マテオが　いいました。

「ねえ、ようせいたち、ここにいるのは、

　キラリと　まほうつかいの　ワンダフルよ。

　ふたりとも　まほうが　つかえるの。

　ユニコーンは　ねがいごとを

　かなえられるし、まほうつかいは、じゅもんを

　となえるのよ。」

　マヤが　いいました。

「ようせいたちは　空を　とべるんだ。それに、

　たからものを　もってるんだよ！」

　マテオが　いいました。

「まほうつかいの　ワンダフルと　キラリが

　来てくれたから、かんげいパーティーごっこを

　しない？」

マヤが　いいました。
「する！　ぼく、マツボックリの　やくで
　いい？」
　マテオが　うれしそうに　いいました。
「いいわよ。だけど、やさしく　あつかってね。
　ようせいは、ほかのおもちゃみたいに
　じょうぶに　できていないんだから。」
　と、マヤ。
「わかった。気をつけて　やさしく　もつよ。」
　マテオは　いいました。
　マヤは　マテオに、マツボックリを
わたしました。
「ルビーと　オパールは、パーティーの
　しょうたいじょうを　作るわ。」
　マヤは　だんボールばこを　ながめました。

「あーあ、色えんぴつは、どのはこに
　　入っているんだろう？」

　そのとき、おかあさんが　へやを
のぞきました。

「ふたりとも、ちょっといい？
　　新しい　しょくばの　上司から
　　でんわがあったの。きょう、うちに
　　来るんですって。いっしょに
　　やらなくちゃならない　しごとが　あるのよ。
　　そんなに時間は　かからないけど、
　　きょうじゅうに　やらなくてはならないの。」

　マヤは　うなずきました。

「だいじょうぶよ、ママ。マテオの　めんどうは
　　わたしが　みるから。」

「ぼくは、おねえちゃんの　めんどうを

44

みるよ。」

　マテオが　いいました。

「ありがとう！　でも、もうひとつ　あるの。

　ママの上司は、子どもを　つれてくるのよ。

　イザベルっていう　女の子。

　しごとをしているあいだ、イザベルと

　あそんでいてくれる？」

「うん！」

　マヤは　うれしくて、ぴょんと

とびあがりました。

「マテオ、いっしょに　げんかんで、イザベルを

　おでむかえしようよ。そうすれば　きっと、

　すぐに　なかよくなれるでしょ！」

「やっぱり、たよりになるわね。」

　おかあさんが　いいました。

マヤは　しんじられませんでした！　新しい
友だちが　来るんですって。
　もう、ねがいごとが　かなったのです。

5
ようせいたち

　キラリは、３人の　ようせいたちに　目を
うばわれました。
　なんて　うつくしいのでしょう。
　羽は　うすくて、むこうが　すけて見えます。
「じろじろ見て、ごめんね。ぼく、ようせいに
　あったの、はじめてなんだ。」
　キラリは　いいました。
「ぼくたち、メキシコから　来たんだよ。マヤの
　おばあさんが、メキシコに　すんでいるんだ。
　マヤの　たんじょう日プレゼントに、
　買ってくれたのさ。」

マツボックリが　ほこらしげに　いいました。

「この　木の家は　マヤの　おじいさんが

　作ってくれたの。かぐも　あるし、おもちゃの

　食べものも　あるのよ。」

　ルビーが　いいました。

「たからものもね！　ほんものの

　たからものよ。」

　オパールが　いいました。

「すごーい。」

　キラリが　いいました。

「みんなにあえて　うれしいよ。この

　ノーム……じゃなくて、まほうつかいの

　ワンダフルと　ぼくは、

　ブック・フレンドなんだ。マヤと　マテオが、

　図書館から　かりてくれたんだよ。」

「かりる？　それ、どういうこと？」
　オパールが　たずねました。
「ぼくたちは、かりた子の家へ　２週間
　行けるんだ。そのあとは　図書館に
　もどって、また　べつの子が　かりるのさ。」
　ノームが　こたえました。
「自分の家は　ないの？」

ルビーが　ききました。

　キラリは、どう　こたえたらいいのか、

わかりませんでした。

「ぼくは　赤ちゃんのために　おばあさんが

　買ってくれたけど、うまくいかなかったんだ。」

　キラリは、考えたあと　そう　いいました。

　不用品セールのことは、

いいたくありませんでした。

「うまくいかなくて、よかったじゃない。

　赤ちゃんなんて、まっぴらごめんだわ！

　らんぼうに　つかんだり、ぎゅっと

　だきしめたり、よだれを　たらしたり、口に

　入れたりするのよ！」

　オパールが　いいました。

「ふくや　くつに　小さな　ほう石が

50

ついているから、赤ちゃんが　のみこんだら

たいへん！」

　ルビーが　いいました。

「ぼくたちは、赤ちゃんむけじゃないんだ。

はこに　そう　書いてある。

８さい　いじょう、ってね。」

　マツボックリが　いいました。

「だから、マヤがいるときじゃないと、マテオは

わたしたちと　あそべないの。ようせいの

きまりを　まもってと、マヤは　いってるわ。」

　オパールが　いいました。

「ようせいの　きまりって？」

　と、キラリ。

「らんぼうに　あそばないこと。」

　マツボックリが　いいました。

「外で あそばないこと。」

　オパールが いいました。

「外なんて、ぜったいだめ!」

　ルビーは ふるえました。

「よごれたら たいへん! あたしたち、
　あらえないんですもの! マヤは
　外のものを、中に もってきてくれるの。

そのほうが　ずっと　あんぜんよ。」

　オパールが　うなずきました。

「どんぐりや、小さな貝がらや、羽根や、

　きれいな石なんかが　あるわ。」

「それが　たからものさ。とくべつな

　たからもの。」

　マツボックリが　いいました。

　ようせいの　たからものは、外から

もってきたものなのに、自分たちは　いちども

外へ出たことがないなんて、へんだなあと、

キラリは　思いました。

「ぼくは、ぎゅっと　だきしめられたり、

　あらわれたりしても　だいじょうぶだから、

　よかった。外へ行くのは　楽しいよ。」

　と、キラリ。

53

ルビーは　いいました。

「まあ、あなたみたいな　おもちゃなら、

　だいじょうぶなんでしょうね。つまり

　その……。」

「ぬいぐるみ、ならね。」

　マツボックリが、はっきりと　いいました。

「じまんするわけじゃないけど、わたしたち、

　収集品なの。」

　オパールが　いいました。

「なにそれ？」

　キラリが　ききました。

「あつめて　楽しむものさ。ようせいたちは、

　それぞれ　色も　しゅるいも　ちがうんだ。

　だから、たくさん　あつめるのが、

　楽しいんだよ。」

54

マツボックリが　いいました。

「もっと　たくさん！」

　と、ルビー。

「もっと　もっと　たくさん！」

　と、オパール。

「ぼくたちは、かざって

　ながめるためのものさ。ガラスのケースに

　入れて　かざっている人もいる。そういう

　ようせいたちは、ぜったいに　よごれずに、

　ずっと　きれいなままなんだ。」

　マツボックリは　いいました。

「なん百体も　あつめている人も　いるわ！」

　オパールが　いいました。

「なん百体も！」

　ルビーも　いいました。

55

キラリは、そんなこと　そうぞうも
できませんでした。
　ガラスのケースに　入ったまま　なんて、
ちっとも　楽しそうじゃありません。
「ぼうけん、したこと　ないの？」
「あるもんですか！　ぼうけんなんて
　あぶないわ！　きずが
　ついてしまうかもしれない。」
　オパールが　いいました。
「それじゃ、なにをしているときが
　楽しいんだい？」
　ノームが　たずねました。
「ポーズを　とっているとき。」
　オパールが　こたえました。
「足のうらに　じしゃくが　ついているから、

まほうの金ぞくの　はっぱの上に、
立っていられるの。」
　オパールは、金ぞくの　はっぱから、
かた足を　上げてみせました。
「ほらね。こんなかっこうで、なん時間でも
立っていられるのよ。」
「なん日でも！」
　マツボックリが　いいました。
「なんか月でも！」
　ルビーが　いいました。
「それに、うでと　足には　はり金が
入っているの。だから　ほら、手を
ふることだって　できるのよ。」
　ルビーは　手を　上げながら、いいました。
　ようせいたちって、じしんまんまんだな、と

キラリは　思いました。
「足音が　聞こえる！　子どもたちが
　来るぞ！　みんな、きれいに
　見えるようにして！」
　マツボックリが　いいました。
「マヤの　新しい　お友だちが　わたしたちを
　見たら、大よろこびするでしょうね。今まで
　みんな　そうだったわ。」
　オパールが　いいました。そして、ふくが
かがやいて見えるように、そっと
なでつけました。
　ノームは　ぼうしを　まっすぐにしました。
　キラリは　しっぽをふって、
ふわふわになるようにしました。
　きらきらの　つぶが、少し

まいあがりました。マヤが

気にしなければいいのですが。

　へやの　ドアが　あきました。

「ここが　わたしのへやよ！　まだ　にもつを

　ぜんぶ　かたづけてなくて、ちょっと

　ごちゃごちゃしてるけど。」

　マヤが　いいました。

　新しい　友だちが、へやへ　入ってきました。

　マヤと　おなじくらいの年の　女の子です。

　でも、ちっとも　楽しそうでは

ありませんでした。

6

イザベル

　イザベルは、マヤの　けしょうだんすに
のせてある　絵本に　目をやりました。
「けさ、図書館に　行ったの。これは、
　かりてきた本。いっしょに　読む？」
　マヤが　いいました。
「あたし、字がいっぱいの　本しか
　読まないの。でも　マヤは、弟のために
　かりてあげたなんて、やさしいわね。」
　イザベルが　いいました。
　マヤは、口を　ぽかんと　あけました。
ほんとうは、自分で読むために　かりた

61

絵本だけど、そんなこと いいたくない。
　ばかにされたら いやだもん。
　マヤは 口を とじました。
　マテオが、ノームのところへ
かけていきました。
「あと、まほうつかいの ワンダフルと、

キラリも　かりたんだよ。

ブック・フレンド　っていうんだ。

ようせいたちが、かんげいパーティーを

ひらくんだよ！」

「イザベルも　いっしょに　やらない？

まってたのよ。」

マヤは　いいました。

イザベルは　ためいきを　つきました。

「あたし、ぬいぐるみで　あそぶような年じゃ

ないんだけど。」

まずい。

マヤは　なにか　ほかのものはないかと、

へやを　見まわしました。

もっと　ほかのおもちゃを

出しておけばよかった。

すると、イザベルが　はっと　いきを
のみました。
　マヤが　ふりむくと、イザベルは　木の家を
じっと　見つめています。そして、目を
まんまるくして、ききました。
「これ　なあに？」
「おじいちゃんが　作ってくれた、木の家よ。」
　マヤは　とくいそうに　いいました。
「おばあちゃんは　ようせいたちを
　おくってくれたの。名前は、ルビー、オパール、
　マツボックリ。」
「あたし、ようせいの　やくを　しようっと。
　あなたたちは　ぬいぐるみの　やくね。でも、
　ただの　パーティーじゃなくて、もっと
　どきどきすることを　しましょうよ。」

64

「パーティーが　いい。」

　マテオが　いいました。

　マヤは、マテオから　イザベルへと、目を うつしました。

　ふたりは　ちがうあそびを
したがっています。でも、イザベルは　まだ

うちへ来てから、すこししかたっていないのに、
もう　自分のやりたいことが　できたんです。
「ゆずりあって　あそびなさいって、ママが
　いってたよ。パーティーごっこは、
　あとでやろう。ね？」
　マヤが　マテオに　いいました。
　マテオは、ぷーっと　ふくれました。
　マヤは、イザベルに　ききました。
「イザベルは、どんなことが　したいの？」
　イザベルは、ブック・フレンドたちを
しげしげと　見ました。
「わるいことが　おきると、どきどきして、
　だんぜん　おもしろくなるでしょ。」
　わるいこと？
　マヤは　わるいことなんて、

おきてほしくありません。

　どきどきするかもしれませんが、よくない
どきどきです。

　マヤは　ふーっ　と、いきを　はきました。

　そうはいっても、ただの　ごっこあそびよね。
ほんとうに　わるいことが
おきるわけじゃないし。

「いいわよ。どんな　わるいことが

　おきるの？」

　マヤが　いいました。

　イザベルは、にやっと　わらいました。

「なにもかも　わるくなるの。」

7
なにもかも わるくなる

「キラリは　ようせいたちの　ユニコーンなの。
　だけど　ある日、わるい　まほうつかいが、
　町に　やってくるの。」
　イザベルが　いいました。
「まほうつかいの　ワンダフルは、
　いい　まほうつかいだよ。」
　マテオが　いいました。
「わるい　まほうつかいのほうが、
　どきどきするじゃない。
　まほうつかい　ワルワル　って名前にしよう。」
　マテオは、マヤにむかって、口を

とがらせました。

　マヤも、イザベルの考えは

気にいりませんでした。でも、そんなのいやよ、

なんていったら、どうなるでしょう？

　イザベルが　自分のママに

いいつけるかもしれない。そしたら、

うちのママが　こまるんじゃないかな？

　イザベルに、あなたとは

友だちになりたくない　って、いわれちゃうかも。

「ふりをするだけだから。ね、いいでしょ、

　マテオ？」

　マヤは　いいました。

「やだ。」

　と、マテオ。

　でも、イザベルは　聞いていません。

69

「マツボックリは　にげだそうとしました。」
　イザベルは、マツボックリを　金ぞくの
はっぱから　はがすと、足をひろげて、
キラリの　せなかに　のせました。
　マヤは　びっくりしました。
「でも、まほうつかい　ワルワルが、キラリに
　じゅもんをかけて、とびはねさせました！」

イザベルは、いきおいよく、キラリを
はねさせました。
　マツボックリは、キラリの　せなかから、
たかく　とんでいきました。
　マヤは、マツボックリを　つかもうと、
とびあがりました。
「あぶない！」

でも、おそかったのです。マツボックリは、あいていない　だんボールばこの上ではずんで、うらへ　おちてしまいました。
　イザベルは　大わらい。
「じゅもん、ききすぎ！」

マヤは　おもしろくありませんでした。

　だんボールばこを　見つめています。

　マツボックリはどこ？　はこを　ぜんぶ
どかして、さがさなくちゃ。

　イザベルが　いいました。

「ルビーと　オパールは、

　　たすけようとしました。でも　まほうつかい

　　ワルワルに　つかまって、ろうやに

　　とじこめられました。まほうつかいは、

　　ようせいが　にどと　立てないように、

　　はっぱを　とりあげようとしました！」

　イザベルは、ルビーの　金ぞくの　はっぱを
ぐいっと　ひっぱりました。

　ルビーの　小さな足は、はっぱから
はずれはしませんでしたが、くつの　ほう石が

73

ひとつ　はがれおちました。

「キラリが　たすけてくれるよ。」

　マテオが　いいました。

　イザベルは、キラリを　つかみました。

「キラリは、ろうやへ　つうじる　とびらに

　かぎを　かけようとしている　まほうつかい

　ワルワルに、とっしんしました。ところが、

　まほうつかいは、くるりと　ふりむいて、

　べつの　じゅもんを　となえたのです。

『とまれ！』

　すると、キラリは　かたまって、

　うごけなくなりました！」

「もういいよ！　もうあそばない。

　ママのところに　行ってくる。」

　マテオが　いいました。

74

「まって、マテオ！　ママは　しごとちゅうよ。

　　ふたりで　まってるって　いったじゃない。」

　　マヤが　いいました。

　　けれど、マテオは　もう　へやから

出てしまいました。

「ねえ、イザベル、とめなくちゃ。わたし、

　　マテオの　めんどうを

　　みることになってるのよ。」

「わかった。でも、まほうつかい　ワルワルは

　　ここにおいて、ろうやの　見はりをさせるわ。」

　　イザベルが　いいました。

8

こわれた ようせい

　子どもたちが　出ていってしまうと、ルビーが
すぐに、めそめそ　なきだしました。
「くつの　ほう石が　なくなっちゃった。
　あたし、こわれちゃったわ！」
「しんぱいしないで。ほう石が　ひとつ
　なくなったって、マヤは　気にしないよ。
　ぼくなんか、いつも　きらきらを
　おとしてるけど、みんなに
　かわいがってもらってるよ。」
　キラリが　いいました。
「あなたには　わからないのよ。収集品は、

かんぺきでなくちゃ　ならないの。」

ルビーは　なきつづけました。

オパールが　うなずきました。

「わたしたち、こわれたら　かちが

なくなるのよ。ねだんが　下がるわ。

もしかしたら、

すてられてしまうかもしれない。」

ねだんが　下がる　と聞いて、キラリは

どきっとしました。やすく売られるのが

どんな気もちか、わかるからです。

そこで、そっと　いいました。

「ちょっとは　わかるよ。ぼくの　ねがいは、

ずっとすめる家に　行って、その家の

子どものものになれますように、ってこと

だったんだ。なんども　なんども　そう

ねがった。そしたら、おばあさんが　ぼくを
買ってくれた。とうとう　ねがいが　かなった
と　思ったんだ。だけど、きらきらの
つぶが　おちるからって、不用品セールで
売られちゃったんだよ。」
　キラリは、はーっ　と　ためいきを
つきました。

ルビーと　オパールは、びっくりしました。
「ぼくを　あいしてくれる人なんか、
　いないんだ　と　思ったよ。」
　キラリは　いいました。
「あい？　あいって、なあに？」
　オパールが　ききました。
　キラリは、はじめて　ようせいたちが
かわいそうだと　思いました。
「せつめいするのは　むずかしいけど、あいは、
　あったかくて、うれしい気もちさ。
　大すきな　だれかと　いっしょにいるときの
　気もちだよ。」
「あなたは、あいされてるの？」
　オパールが　たずねました。
　キラリは、まようことなく　こたえました。

「図書館の　アンや、子どもたちに、

　あいされてるよ。」

「ブック・フレンドの　友だちにもな！

　おれたち　みんな、おたがいに　大すきな

　なかまなんだ。」

　ノームが　いいました。

　キラリは　にっこりしました。

「おまえさんは、だれかひとりのものに

　なりたがっていたが、図書館ぜんぶが

　おまえさんのものに　なったんだ。だから、

　かたちは　ちがうが、ねがいが　かなったと

　いえるだろう。」

　ノームが　いいました。

　キラリは　考えました。

　ノームの　いうとおりなのかな？

ねがいは　こんなふうに、
思いがけないかたちで　かなうものなのかな？

　ルビーが　いいました。

「マツボックリと　オパールと　あたしは、
　おたがいに　大すきな　なかまよ。だけど、
　マツボックリは　いなくなっちゃった！」

「おれのせいで　けしてしまって、すまない。
　まほうは　めんどうだ。まほうつかいになんか
　ならなければよかったな。」

　ノームが　いいました。

　キラリは　にっこりしました。

「ユニコーンじゃなくても、そのねがいは
　かなえられるよ。フクロウさんが　なんて
　いったか　おぼえてる？　子どもは
　どんなものにでも、なったふりが　できるけど、

82

なかみは　かわらないって。きみのなかみは、
今でも　にわの　こびと　ノームだよ。」
　ノームは、キラリにむかって、
にっこりしました。
「おれが　ほんものの
　まほうつかいじゃないとしたら、
　じゅもんだって　ほんものじゃないだろ？」
　キラリは　うなずきました。
「そう。にせものの　じゅもんさ。」
「にせものの　じゅもんなら──？」
　ノームは、はっとしました。
「ぼくは　かたまってない！」
　キラリは　ぶるぶるっと　からだをふって、
へやじゅう　はねまわりました。
　しっぽを　ふると、きらきらが　少し、

83

まいあがりました。

「わたしたち、ろうやに

いるわけではないわ！」

オパールが　いいました。

「でも、マツボックリは　見つかってない。」

ルビーが　いいました。

キラリは、だんボールばこを　見てみました。

大きなはこの　うしろから、マツボックリの

はだしの足が　つきでているのが、見えました。

小さな　足です。マヤは

気がつかなかったのでしょう。

にもつが　ぜんぶ　出されるまで、

かわいそうな　マツボックリは、そこに

はさまったままなのかもしれません。

「たすけてあげたいな。」

キラリは　いいました。

でも、どうやって？

考えているとき、ゆかに　きらきらしたものが
見えました。

キラリの、きらきらの　つぶです。

そのとき、いいことを思いつきました。

9
がまんの げんかい

　マテオは、おかあさんの　じゃまに
ならないように、へやへ　もどってもいいけど、
そのかわり、こんなことをしたい、と　マヤに
いいました。
　図書館で　かりた本を、マヤに　読んでほしい。
　おやつには、ビスケットを　いつもより
たくさんほしい。
「それから、自分の　すきなように、
　まほうつかいの　ワンダフルで
　あそびたい。」
　マテオは　いいました。

86

「いいわよ。」

　マヤは　やくそくしました。

　マヤはもう、がまんの　げんかいでした。

　イザベルが　来てくれて、さいしょは
うれしかったのですが、わるいことばかり
おきるのに、うんざりしていました。

　なにもかも、もとどおりにしたい　と
思いました。

　ルビーの　くつも　なおしたいし、
マツボックリも　見つけたいし、キラリを
ぎゅっと　だきしめたいし、マテオと
あそびたいのです。

　イザベルなんか、帰ればいいのに。

　ところが、イザベルの　ものがたりは、
まだつづきます。

「キラリって、男の子でしょ。でもあたし、
女の子の　ユニコーンに　ぴったりな名前を
考えたの。ねえ、キラリは　女の子にしない？
名前は　ピカピカ。キラリより、もっと
かがやいてるかんじでしょ。」
　マヤは　キラリを　見ました。
　キラリには、新しい名前なんて　いりません。
もっと　かがやかなくても　いいんです。
　もう、がまんの　げんかいです。
　そして、心の糸が　ぷつんと　切れました。
「いやよ。」
　マヤは　いいました。
　イザベルと　マテオは、そろって　顔を
上げました。
「いや。」

マヤは、もっと　大きな声で　いいました。

「そんなあそびは　いや。この子の名前は

　キラリで、男の子の　ユニコーンよ。」

「ゆずりあって　あそびなさいって、

　マヤのママが　いってたじゃない。」

　イザベルが　いいました。

　マヤは　うなずきました。

「ゆずりあうって、みんなで　なかよく　あそぶ

　ってことよ。だれかひとりの　いいなりに

　なるんじゃなくてね。キラリは

　キラリのままで、じゅうぶんだと思うし、

　まほうつかいの　ワンダフルは、いい

　まほうつかいだって、マテオは　いってるの。

　イザベルは、ようせいたちの　やくを

　すればいいわ。だけど、ようせいは　やさしく

あつかってね。そうじゃなかったら、

ほかのことをして　あそぶから。」

イザベルは　おどろいたようでした。

「マテオと　わたしは、ようせいと

ぬいぐるみの、パーティーごっこをしたいの。

でも、もっと　どきどきするようなことを

考えてもいいわよ。ただし、

わるいことじゃなくて、うれしいことで

どきどきしたいな。」

マヤが　いいました。

イザベルは、しばらく考えてから、こう

いいました。

「きっと　マツボックリは、パーティーの

ごちそうを　さがしにいって、

まいごになっちゃったのよ。だから、みんなで

たすけにいかなくちゃ。」

マヤは　うなずきました。

「それは　いい考えね。どきどきしちゃう！」

「マツボックリを　なげて　ごめんね。

いっしょに　さがすわ。」

イザベルが　いいました。

マヤは、だんボールばこを　見ました。

山のように　たくさんあります。

どこから　はじめたらいいの？

そのとき、ピンク色のものが、きらっ　と

光りました。

キラリの　しっぽの　きらきらの

つぶのようですが、どうして　あんなところに

あるのでしょう？

マヤは　近くへ　よってみました。

すると、はこの　うしろから、なにかが

つきだしているのが　見えます。

　小さな　足でした。

「マツボックリ！　もう　だいじょうぶよ、

　たすけてあげる！」

　マヤは、大きな声で　いいました。

10
うれしい どきどき

　イザベルは、ルビーと　オパールを、キラリの
せなかに　そうっと　のせました。
　マヤが、ノームも　おなじように、キラリの
せなかに　のせました。
　そして、キラリを　パカパカ　走らせて、
だんボールばこまで　はこびました。
「だいじょうぶだよ、マツボックリ！　みんなが
　たすけにきたよ！」
　マテオが　いいました。
　子どもたちが　いっしょに、はこの
うしろから、マツボックリを

94

ひっぱりだしました。
　マヤが　手に　のせました。
　もどってきて、ほんとうに　よかった。
　マヤは、マツボックリを　イザベルに
わたしました。
「よく　気をつけて　あそぶわ。」
　イザベルは　やくそくしました。

「やったあ！　さあ、パーティーの
　はじまりだ！」
　マテオが　いいました。
「いらっしゃいと　おかえりなさいの、
　りょうほうの　パーティーね。新しい
　友だちと、今までの　友だちの　ための。」
　マヤが　にっこりしました。
「パーティーでは、ようせいたちが、どんぐりの
　お茶と　ベリーを　出すわ。それから──」
　と　いって、イザベルは　ことばを
とめました。
　そして、マヤと　マテオを　見ました。
「みんなは、どうしたい？」
「それでいいわよ。デザートに
　ケーキはどう？」

マヤが、にっこりして　いいました。

「チョコレートケーキ！」

　と、マテオ。

　イザベルが　うなずきました。

「いいわね！　どんぐりのお茶と、ベリーと、

　チョコレートケーキね。」

　キラリと　ノームは、小さな　木の家の

キッチンには　入りません。そこで、

パーティーは　マヤのへやの　まん中で

ひらくことになりました。

　マヤが、ゆかに　毛ふを　しきました。

　イザベルが、おもちゃの　食べものを、毛ふに

ならべます。

　マテオは、ようせいの　たからものの　はこを

もってきました。

マヤは、ルビーの　くつの　ほう石と、
キラリの　きらきらの　つぶを
たからものの　はこに　入れました。
「こうしておけば、キラリと　まほうつかいの
　ワンダフルと　ルビーと　オパールが、
　だんボールばこの山から　マツボックリを
　たすけだしたことを、おもいだすでしょ。
　みんなが　友だちになって、
　パーティーをしたことも。」
「それから、みんな、おはなしが　聞きたいって
　思ったんだよ。ぼく、まほうのいきものの
　絵本　もってくるから、みんなに
　読んであげてよ！」
　マテオが　いいました。
　そして、マヤの前に、絵本を　おきました。

マヤは、大きく　いきをしました。イザベルに
からかわれたって　かまいません。
　ほんとうのことを　いうつもりです。
「わたし、弟のために　この本を
　かりてあげたんじゃないの。きれいな絵が
　大すきだから、自分のために　かりたの。」
　イザベルは　びっくりしたようでしたが、
マヤにむかって、うなずきました。
「ほんとうに　きれいな本ね。ルビーに、
　ひょう紙を　めくってもらいましょう。」
　イザベルは、ルビーを　とんでこさせると、
ひょう紙を　めくらせました。
　マテオは、おもちゃたち　みんなが　絵本を
見られるように、ならべました。
　マヤが　読みはじめます。

みんなは、絵本に　むちゅうになっていて、

おかあさんと　イザベルのおかあさんが　へやへ

入ってきたのに、気がつきませんでした。

「しごと、おわったわよ。」

　おかあさんが　いいました。

　マヤはさっき、イザベルなんか

帰ればいいのに、と　思ったのですが、今は、

帰ってしまうとさびしい　と　思っています。

「また　イザベルに　あそびにきてもらっても

　　いい？」

「もちろん。」

　おかあさんは　うなずきました。

　イザベルも　にっこりしました。

「こんどは、あたしの　おもちゃを　少し

　　もってくるね。またパーティーを　しようよ。」

「うわあ、どきどきする！　うれしい

　どきどきね！」

　マヤが　いいました。

11
ねがいが かなった

　それから　2週間で、マヤは　ひっこしの
にもつを、ほとんど　かたづけました。
　新しい家は、だんだん　くつろげる家に
なってきました。イザベルは、もう2回も
あそびにきました。
　そして、キラリと　ノームが、図書館に
もどる日が　きました。
　マヤは、キラリの　日記ちょうを、
うれしそうに　アンに　見せました。
「キラリは、すごくたくさん、新しい　友だちが
　できたの！　それに　キラリは、わたしが

この町に来て、さいしょにできた　友だちよ。」

マヤが　いいました。

「まあ、キラリは　マヤの　おうちで、ずいぶん
楽しく　すごしたみたいね！」

アンが　にっこりしました。

マヤは、日記ちょうを　5ページも
つかいました！

キラリ、ノーム、オパール、ルビー、それに
マツボックリが、テーブルクロスにすわって、
ピクニックをしている　絵。

キラリが　おはなしを　聞いている　絵。

キラリが　ようせいと　あそんでいる　絵。

キラリと　ノームが　外を　たんけんしている
絵。

キラリが、せんたくきで　あらわれている

絵(え)。

「なんて　すてきな　ぼうけんでしょう。
　こんなに　かわいがってくれて、ありがとう。」
　アンが　いいました。
　マヤは、キラリを　ぎゅっと
だきしめながら、ブック・フレンドの　たなへ
つれていきました。

「わたしの　ねがいを　かなえてくれて、
　ありがとう。大すきよ、キラリ。」
　マヤは　ささやきました。
　キラリは、からだの中が　あたたかくなるのを
かんじました。

　キラリも　マヤが　大すきです。
　ほんとうは、図書館に来る　子どもたち、

みんなのことが　大すきなのです。

子どもたちも、ときどき　しっぽから

きらきらを　まきちらす、白いユニコーンが

大すきでした。

　ノームのいったとおりだ。

と　キラリは思いました。

　思いがけないかたちで、キラリの

ねがいごとは　かなっていたのです。

　つらいことも　ありましたが、今では

ねがいがかなって　しあわせです。

　キラリは、ブック・フレンドの　なかまたちに、

ほほえみかけました。

　家に帰るって、いいものだな、と思いながら。

作 シンシア・ロード

米国ニューハンプシャー州出身、メイン州在住。夫と娘、自閉症の息子とともに暮らす。教職、書籍販売を経て、作家となる。デビュー作『ルール！』（主婦の友社）でニューベリー賞オナー他多くの賞を受賞。

絵 ステファニー・グラエギン

米国イリノイ州出身、ニューヨーク州在住。子ども時代は絵を描くことと、動物たちを集めることに熱中。メリーランド美術大学卒業後、プラット美術学校で版画制作を学ぶ。主な作品に『おじゃまなクマのおいだしかた』（岩崎書店）、『わたしを わすれないで』（マイクロマガジン社）などがある。

訳 田中 奈津子

翻訳家。東京都生まれ。東京外国語大学英米語学科卒。主な訳書に『はるかなるアフガニスタン』（講談社、第59回青少年読書感想文全国コンクール課題図書）、『エミリーとはてしない国』（ポプラ社）などがある。

ブック・フレンド③
図書館のぬいぐるみかします
ぼくのねがいごと

2025年5月　第1刷

作	シンシア・ロード
絵	ステファニー・グラエギン
訳	田中 奈津子
発行者	加藤裕樹
編集	林 利紗　門田奈穂子
発行所	株式会社ポプラ社
	〒141-8210 東京都品川区西五反田3-5-8
	JR目黒MARCビル12階
	ホームページ www.poplar.co.jp
印刷・製本	中央精版印刷株式会社
装　丁	坂川朱音（朱猫堂）
本文デザイン	坂川朱音＋小木曽杏子（朱猫堂）

ISBN978-4-591-18597-1
N.D.C.933 /109P/22cm
Japanese text©Natsuko Tanaka 2025
Printed in Japan
落丁・乱丁本はお取り替えいたします。ホームページ（www.poplar.co.jp）のお問い合わせ一覧よりご連絡ください。
本書のコピー、スキャン、デジタル化等の無断複製は著作権法上での例外を除き禁じられています。本書を代行業者等の第三者に依頼してスキャンやデジタル化することは、たとえ個人や家庭内での利用であっても著作権法上認められておりません。

ブック・フレンド①

図書館の ぬいぐるみかします

わたしのいるところ

にんぎょうの アイビーは、本のようにかりることのできる
図書館の ぬいぐるみ〈ブック・フレンド〉に なりましたが
だれにも かりられたくないと 思っていました。
そんなとき、ひとりの 女の子に 出会います。

**女の子と 図書館の にんぎょうが
それぞれの いるところを 見つける 物語。**

ブック・フレンド②

図書館の ぬいぐるみかします
はじめてのおとまり会(かい)

図書館のぬいぐるみ〈ブック・フレンド〉になって、
はじめて かしだされた ネズミの マルコ・ポーロと、
はじめて おとまり会に行く 男の子 セスの
おもいがけない 大ぼうけんが はじまります。

**男の子と ネズミのにんぎょうが それぞれ
ゆうきをだして ピンチをのりこえる 物語。**